Y pensar que lo vi por la calle Porvenir

DR. SEUSS

Traducción de Yanitzia Canetti

Un libro de Vanguard Press

Random House 🏠 New York

Para

Helene McC.

Madre del único y original

Marco

Translation TM & copyright © by Dr. Seuss Enterprises, L.P. 2006

Visit us on the Web!
Seussville.com
rhcbooks.com

Educators and librarians, for a variety of teaching tools, visit us at
RHTeachersLibrarians.com

Library of Congress Cataloging-in-Publication Data is available upon request.
ISBN 978-1-9848-3137-8 (trade) — ISBN 978-1-9848-9500-4 (lib. bdg.)

Printed in the United States of America
10 9 8 7 6 5 4 3 2 1

First Random House Children's Books Edition

CUANDO salgo hacia la escuela,
papá un consejo me da:
«Marco, abre bien los ojos
y muchas cosas verás».

Al contarle donde estuve
y lo que creo que he observado,
él me mira y me reprende:
«Tus ojos ven demasiado.

»¡Basta ya de esas historias! Te lo he dicho muchas veces.
Y no imagines ballenas donde solo existen peces».

¿Y hoy qué le voy a contar
cuando regrese al hogar?

Durante todo el camino
a la escuela y al hogar,
yo miré y volví a mirar
y no paré de observar.
Y, descontando mis pies,
solo pude distinguir
un caballo y su carreta
por la calle Porvenir.

Eso no es interesante.
No es una historia completa.
Es tan solo un caballo
tirando de una carreta.

Pero ese *no* es mi cuento. Aquí tan solo *comienza.*
¡Yo diré que era una CEBRA quien halaba la carreta!
Y sé que con este cuento nadie podrá competir
cuando diga que lo vi por la calle Porvenir.

Sí, la cebra está muy bien.
Mas no creo que sea ideal
una carreta tan simple
con semejante animal.
El cuento sería mejor
si fuese un experto auriga su valiente conductor.
Un carro azul y dorado, *algo* digno de aplaudir,
¡que retumbe como un trueno por la calle Porvenir!

Una cebra es muy chiquita.
No lo puedo permitir…

Un reno sería mejor,
más rápido puede ir.

Y se vería elegante
por la calle Porvenir.

¡Espera un momento!
¡Aquí algo está mal!

No creo que al reno le guste ni pueda
tirar de una cosa que esté sobre ruedas.

Él se sentiría mucho más dichoso
si pudiera halar de un trineo lujoso.

Mmmm... un reno y un trineo...

Yo digo que a *cualquiera* se le puede ocurrir *eso*,
a Roberto, a María, a Martita o a Creso.
Yo creo que hasta a Juana se le puede ocurrir *eso*.

Pero nunca es muy tarde para hacer un cambio, ¡claro!
¡Un trineo y un ELEFANTE! ¡*Eso* sí sería algo raro!

Yo escogeré uno que sea muy grande y muy poderoso,
uno azul que tenga ojos bien abiertos y graciosos.
Y luego, ya para darle un poquito más de tono,
a un Rajá, con rubíes, tendrá sentado en un trono.

Y sé que con este cuento *nadie* podrá competir
cuando diga que lo vi por la calle Porvenir.

Pero ahora que lo pienso...
todavía no me convenzo.

Algo que es tan liviano atado a un elefantote
volaría por los aires igual que un papalote.

¡Pero se vería fenomenal
con una gran banda musical!

Una banda que es tan buena merece ser escuchada,
¿pero quién podría seguirla si avanza tan apurada?
¡Un señor en un remolque! Ellos no se enojarán
de que alguien los escuche aunque vaya atado atrás.

¿Pero es justo lo que hice? ¿O no es justo para nada?
Me temo que las carretas pesan varias toneladas.
Y para *un* solo animal, me parece demasiado.
Al menos dos ayudantes tendré que ponerle al lado.

¡Ay!, pero ahora yo tengo una gran preocupación…
pues la calle Porvenir se convierte en Fundación.

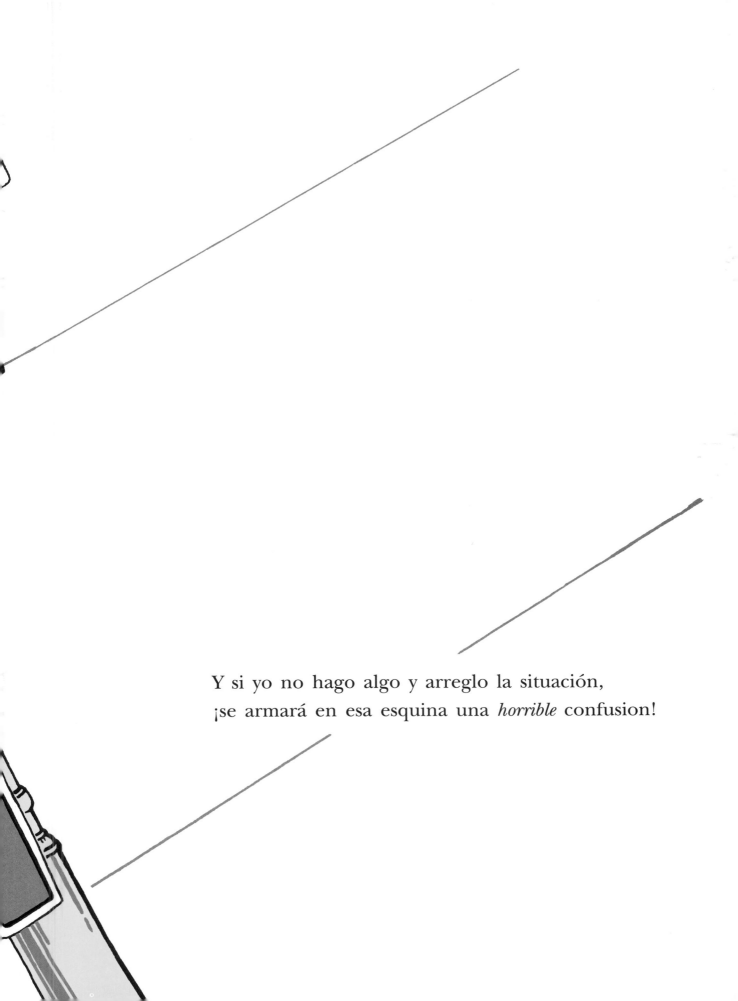

Y si yo no hago algo y arreglo la situación,
¡se armará en esa esquina una *horrible* confusion!

Le toca a la policía resolver esta cuestión
para tratar de evitar una enorme congestión.
Le toca a la policía resolver esta cuestión.

Podrán ir a toda prisa. No tendrán un accidente,
pues el sargento Vicente será el que vaya al frente.

Allí está el alcalde
con su pose tan galana.
Y levanta su sombrero
al pasar la caravana.

Allí está el alcalde
y también los concejales,
ondeando las banderas
de colores nacionales.

Y sé que con este cuento NADIE podrá competir
¡cuando diga que lo vi por la calle Porvenir!

Con un motor estruendoso, un avión desde allá arriba
lanza un montón de confeti mientras todos gritan: ¡Viva!

Este cuento no está mal. Yo lo debo admitir,
pero podría estar mejor si le pudiera añadir…

... Un señor de China
que come con palitos...

Un célebre mago
con tres conejitos...

Una barba larga
que hay que peinar…

Y no hay tiempo para más,
a casa estoy por llegar.

Di la vuelta a la esquina,
atravesé el portal,
corrí por las escaleras.
¡Me sentía FENOMENAL!

¡SABÍA QUE CON MI CUENTO **NADIE** PODRÍA COMPETIR!
¡AH! ¡Y PENSAR QUE LO VI POR LA CALLE PORVENIR!

Entonces dijo papá:
«Siéntate aquí en el sillón
y cuéntame con detalle
qué viste en esta ocasión».

Tenía tanto que contar. ¡NO SABÍA CÓMO EMPEZAR!
Papá se rascó el mentón, me observó con atención.
En su silla, seriamente, dijo frunciendo la frente:
«¿No había nada que ver… ni nadie a quien saludar?
¿No viste nada que hiciera tu corazón palpitar?».

Dije poniéndome rojo: «No, solo un caballo vi
y también una carreta por la calle Porvenir».